CB140885

casulos
rômulo
moraes

© 2019 **RÔMULO MORAES**

Kotter Editorial
Direitos reservados e protegidos pela lei 9.601 de 19.02.1998.
É proibida a reprodução total ou parcial sem autorização, por escrito, da editora.

coordenação editorial
Sálvio Nienkötter

editor-adjunto
Raul K. Souza

capa
Anderson Junqueira

editoração
Maria Luiza de Carvalho Rodrigues

produção
Cristiane Nienkötter

Dados Internacionais de Catalogação na Publicação (CIP)
Angélica Ilacqua CRB-8/7057

Moraes, Rômulo
Casulos / Rômulo Moraes. --
Curitiba : Kotter Editorial, 2019.
98 p.

ISBN 978-65-80103-47-8

1. Poesia brasileira I. Título

CDD B869.1

19-1571

Texto adequado às novas regras do acordo ortográfico de 1990, em vigor no Brasil desde 2009

KOTTER EDITORIAL

Kotter Editorial
Rua das Cerejeiras, 194
82700-510 | Curitiba/PR
+55 41 3585-5161
www.kotter.com.br | contato@kotter.com.br

1ª Edição
2019

KOTTER
EDITORIAL

casulos

rômulo
moraes

para Ana Clara

Sou o campeão mundial de um jogo que ninguém conhece ainda.

Xul Solar

sentir que estou aqui
enquanto você estiver –
enquanto você estiver

Cid Corman

Sumário

metastasis

a fábrica de
mostarda do outro lado
do rio
é parte desse mundo

você que é feita de um creme de
nuvens
é parte
desse mundo

o hábito de abrir a terra
morna com os
dentes
para plantar nas úlceras os elásticos de borracha
que seguram
o sol como sempre
laranja e plasmático
e alegre
é parte desse mundo

a cartografia da vida espiritual da teia semfim
                    da vida espiritual
em um só sussurro em um só rugido
duma borboleta
as placas de néctar
das gengivas os caroços que cacei entre as suas corcovas
e guardei nos bolsos da calça
e esqueci lá até que embotassem
e virassem uma bile brilhosa;
o pote de ambrosia que compramos
quando fomos a Ouro Preto;
a Inundação da Jardim Botânico do
início de Junho passado
que me fez fugir pra igreja
          e era o sétimo dia da morte de Alguém
                    e por coincidência eu tava todo de preto
e meu deus como chovia
                    e eu chorei copiosamente, como se o conhecesse;
a valsa de Morricone uma poça
de sons infinitos
revelando o pulsar dos pulmões vitriólicos do
vendedor de limões
fazendo que eu ame o vendedor de
limões   que está dentro da
noite   de dentro do ônibus
e que se não me engano / e não me engano
uma vez roubou da loja de conveniência
uma caixa de pasta de dente
que diz-se que ele estava louco
e morto de fome;
isso é parte desse mundo

você outra vez
você outra
vez você uma hora depois de
eu almoçar em frente ao hospício
da Praia Vermelha num banco onde
comigo almoçavam juntinhos um gato
de rua e um pombo o pombo Getúlio (não
como o Presidente da República, como o meu pai)
        isso depois de eu comprar um livrinho
        de poemas em segredo, como quem compra
        lança-perfume
        com um fantasma
e nos olhos do pombo Getúlio havia os
olhos do vendedor
de limões podres
enlouquecendo havia
o caroço-oráculo
                havia
você outra vez
e eu todo de preto outra
vez
e tudo isso é parte indistinguível desse
mundo

o eixo do céu, comprido, enorme enorme
é você
que ainda é parte desse mundo

bola parada

o poema é um campo de futebol
é um campo minado
uma câmara de silêncio absoluto
silencíssimo
uma capa de gordura
saturada
entre as camadas dos lábios
de um sultão

um campo de futebol
amplo
as arquibancadas encharcadas
de corpos humanos
as traves cor de marfim
instaladas com os pés n'
o tapete de grama felpuda
e as cabeças no êxtase felpudo
que é o gol

ou:

o poema é a altinha-na-praia da linguagem
o Parque de Diversões da Linguagem!
o saco de balas e doces variados
a piscina de bolinhas num McDonalds
na borda do universo
é encaixotar e empilhar peças
de linguagem
a mão livre
a argila da linguagem esculpida
em
escarpas de massinha super-postas
é pintura a dedo
é o jeito certo de
bater na bola

ah, consigo imaginar isso, você diz, e ri

assim começa
a pintura de um vaso chinês:
pelas patas douradas e airosas
do elefante

e fica assim
nossa coleção de cordas vocais
depois de passarmos três anos inteiros
descalços:
nua, domesticada,
ironicamente serrilhada,
como antigos artefatos
de corte e costura
cobertos por fina geada

insiste em continuar
assim a superfície
do Lago Titicaca:
muda:
sem saber como contar
os segredos & feitiços
mais graciosos & escrotos
que ela ouviu
de um guarda-chuva

assim – não custa repetir –
as patas douradas e airosas
do elefante:
de bibicleta e se equilibrando num
fio de
cabelo
que bambeia inerte entre
goiabeiras

mas vá lá
quanto da gente
é memória e quanto é
ração moral?
quanto fica pra trás,
sugado pelo
dobrar de um sino?
quantos por cento de
magnésio no
nosso sangue?

explico daqui a pouco
essa correlação

o que é o que é

depois de Catarina Lins

o que é arquitetura
senão a máquina
de esconder
joaninhas
fazendo vibrar
como água
a estrutura
do nada explícito?

o que é a Rua Humaitá
senão uma tigela de mel de estrelas
um mel viscoso que corre
sobre o cadáver cristalizado
da montanha;
crina/crosta de continente
despedaçado
em nacos gordos
de fumaça e plástico?

o que é o terceiro andar de qualquer coisa
(mas, em primeiro lugar, de um prédio)
senão a chance de pular da janela
e sobreviver
senão essa coisa pouca, coisa
rarefeita
que é a possibilidade de
sem querer
sobrar no mundo,
a contar histórias
e a ver no fundo remoto do rosto
do seu avô uma só vez o Orgulho, que tem
consistência de
geleia de mocotó
e que fede a lágrima

e o que é um avô
senão um bípede apegado a um giz de cera ou uma
vítima em potencial do tifo ou um
desatento participante da gargalhada
cósmica ou um campeão regional
de buraco com a
estranha mania
de falar com Deus e de
andar meio que dançando –
        e não era isso que dizia *Kierkegaard*?

o que é a campainha?
é um chamado sonoro,
tudo bem, sem
ressalvas aqui,

mas o que é a luz turquesa
que escorre da casa
quando você abre
a porta o peito pra mim,
o que é, senão quilos e quilos
de um canto gregoriano
queimando alto e
banhado em frisson ou
reveberando um coro
de canários
cheirados?

o que é o petróleo
nos seus olhos às
onze e dezesseis da
manhã de sábado
senão a joaninha
engolindo a arquitetura?

06/05 - 19h46
cerveja não passa de uma espécie de mingau

17/02 - 19h28
vi uma barata parindo

24/12 - 14h46
muito legal que nos permitam esse último natal antes do fim do mundo

07/12 - 17h00
um bom tweet não é muito diferente de um truque de mágica

26/08 - 15h57
um prédio de 26 andares lá pelo andar 19 já deve ser clima de serra

12/08 - 07h52
judô é um esporte que com leves ajustes viraria futebol

28/07 - 17h34
muita maluquice isso de ficar escrevendo aqui num lugar invisível

22/07 - 15h16
pra mim quem lava maçã com sabão antes de comer tá desconfiando um pouco mais do que devia de deus

15/07 - 16h12
se você acentuar o sotaque nordestino o suficiente você começa a falar japonês

15/07 - 15h54
gente falando francês na rua parece que você tá no meio de um filme ruim

05/07 - 18h18
dormindo de ponta cabeça pro sonho descer pro meu pé

24/06 - 08h38
todos os nomes do mundo derivam do nome cauê

18/06 - 13h08
por que ainda não inventaram uma capa de chuva menos primitiva que essas nossas, tipo em creme ou aerossol?

12/06 - 09h42
adestrando meu cachorro via mecânica quântica

10/06 - 07h06
supermercado é do bem ou do mal?

29/05 - 11h05
quando eu era criança eu achava que só podia sentar na cadeira única do ônibus a pessoa mais importante que estivesse nele

26/05 - 14h20
ping pong é um esporte de inteligência

16/05 - 18h34
acabei de puxar um fiozinho da blusa e descosturei minha casa inteira

05/05 - 14h45
imagina se todos os animais extintos na verdade tão só escondidinhos juntos num sítio em jacarepaguá

04/05 - 14h05
jogo do bicho é um esporte de inteligência

03/05 - 17h52
dá pra falar "no sentido lacaniano do termo" pra qualquer palavra que você quiser

25/04 - 07h35
repeti de novo no psicotécnico

todo fim travestido de início

1.
a lei maior
é que qualquer coisa
é uma introdução
a qualquer coisa:
principia, se opõe
e destrói!
qualquer vontade
é vício do absoluto

mas

assim que a casca de
corpo, viciada e
murcha, se põe
a golpear
e os velhos
olhos ressecados
se embrenham
à terra,
o pouco que resta
de verso
é estática
(é vestígio de algo
que gane do estômago,
é o pólem da multidão, silvos desmanchando
em um enxágue)

abraçado ao dorso
do limbo
um murmúrio baixinho e espesso
repete que
        a faca é enterrada
        antes de ser devorada pela gramática
e que
        as pétalas
        respiram
        pela navalha!

                vá! esqueça ou dilua ou se
                negue a continuar ou se funda
                aos sinistros olhos que de
                dentro da obsessão
                cacarejam, vá!

2.
a Bélgica, as ruínas, o ouro dos
olhos humanos
estruturando-se ao
redor d'O
Ovo

antes do vento e de suas fagulhas
prováveis
como agulhas contra
os nossos poros
geopolíticos,
O Ovo
(contraindo-se necessariamente,
crivelmente,
na extraordinária densidade
e pedagogia do escatológico)

não! O Ovo:
    os metais pesados convergindo na lama do inconsciente
    a cor do batom numa antiga propaganda de cigarros
    a alça esgarçada do vestido, o breve lucilar da lente
    a biblioteca, o baralho de tarô, uma gaivota
        cem mil gaivotas
            presas numa compota
            de requeijão
    a ecologia humana do Êxtase de Santa Teresa
    o pecado romântico justificável, claro que sim,
    a testa palpitando de raiva
    e o
céu

antes que tudo adormeça, no entanto,
antes que tudo se abarque
há um último brado de ternura,
há a altissonância, a nobreza, há ainda a
        náusea
com sua dança profunda
suas patas fincadas
na Lua
com força
seus olhos
escusos
no escuro
dos sexos

escute, eu estou com as covardias
metidas entre os dedos
e pingando
incontrolavelmente
sua boca seus quadris
suas unhas seus odores,
náusea, não mentem
esses seus deuses
sonâmbulos
as raízes dos seus olhos
elétricos
poços
sem fundo

no interior do Totalitarismo,
o tique-taque brutal
das galáxias,
o colossal relógio
que badala teimoso
e se quebra e extingue
e se cala

todos os seres
sofrem de macrodependência
todos os atos
são um só
todas as afirmações
são idênticas
todos os dogmas,
unilaterais
                                        o amor regenera
                                        continuamente
                                                            sua voz rouca um farfalhar
                                        a violência da
                                                            sua voz rouca um farfalhar
e toda vontade é uma deformação do absoluto

a gentileza do lunático

meses depois da minha vó
ter enlouquecido, ela me disse,
num lapso de sanidade:
você me perdoa, meu querido, perdoa?

minha vó se referia ao seu esquecimento,
à hipnose, à peste: se referia,
como quem tem culpa,
ao apocalipse

eu soube que ela estava louca,
doida de pedra, quando me disse,
afiando os olhos: sua boca
parece um passarinho

apesar de louca, ela mantinha
a elegância: contava piadas, cantava
no chuveiro, imitava vaga-lumes,
colecionava nuvens

mas em algum ponto da sua loucura
minha vó se tornou parte
da espuma, teia transparente:
ela se tornou o Grito
errante

até que uma noite
em segredo
eclodiram do seu corpo
pequenas feridas, como pepitas
de rubi

manual de limpeza feminina

1.
vamos aos ingredientes:
cotonetes e gaze limpa,
água boricada, leite
de cavalo, papier
machê picotado
e porcelana
em goma

2.
já existem técnicas
de feng shuy pra
filhotes de
bola de
gude?

pois de qualquer modo
comece pelas partes
moles, pelas partes
mais cheias de
suco

vá subindo das pernas aos
seios com seu paninho de
lustrar oceanos:
a língua

[evite ao máximo,
agora, as juntas
de tessitura
farinhenta]

em seguida, encontre o ponto
de inflexão que habita
um pedaço esquecido
da mata ferina
da buceta

3.
feminino é o não-objeto
onde a imensidão
se repousa
deitada

e o útero é feito de
névoa e gota
e tem olhos
e boca e
crença

mas vamos dizer a verdade
é muito improvável que
exista mesmo essa
coisa de
útero

quem se atreve a dizer
que acredita num
buraco negro no
centro do
umbigo?

onde tudo que há aqui fora
começa e termina e
começa de novo e
de novo?

quem, entre vós, sábios e feridos,
espera realmente provar que o
trovão de Tudo coalhou,
finalmente, e se abriu
do abdome de
uma virgem
amém?

os assobios que eu vi eram muito parecidos com carpas que eram muito parecidas com anjos

depois de Manoel de Barros

o português soa sempre
duas vezes seguidas
que é uma língua duplicada
por si mesma

seus s's corrugados
se atropelam numa
espécie de bifurcação
paralela e concorrente

língua de acalentar gorilas
que se estende em
ondas lunares pela medula
até fazer adormecer

língua versada
no hipnótico e no incandescente
tanto que é ela que produz
a maior quantidade de loucos

um louco pra cada
s
dez em cada
metro quadrado

você consegue farejar
a gargalhada distante
de um desses cariocas
brilhando por toda parte?

5 graus abaixo de zero
em Las Cañitas
e alguém fala português lá embaixo
na rua

certamente deve ser louco
ou maestro
pra querer tocar em público assim
um arranjo de risos
aquamarinos

*

o português permite que se dê
um nó na alvorada:
que ela seja transformada
em laço de cabelo

ou que se veja nas vozes
mensagens perdidas
numa infusão de hibisco

as vozes duras do português
espalhadas pela Terra

e delirando

*

as vozes

heterogêneas

a pender
como joias do cólon de uma formiga-saúva
suas cútis
feitas de papel molhado ou de hieróglifos recheados
de lipídio e transe

a pender
como a polpa do escalpo na mão dum carrasco
ou como qualquer sombrinha velha
que separa a tempestade em duas longas cortinas
e assim a desmonta por completo

considere que as vozes
se dispusessem a ser
desinventadas e as begônias a fazer
assobios e os obsessivos pizzaiolos da rua Arce
fossem, secretamente, aparafusadores de
infinitudes

nesse caso, o português
umedeceria da pura abstração
tornando-se mancha sólida e sensível:
uma estatueta
de terracota
a setenta e cinco pesos

e o silêncio poderia estar
em chamas

poema entalhado em metal

lembra-se
do nervosismo?
da fascinação,
do castigo?
lembra-se
da quietude
e das peles
tremelicantes
feito locomotivas?

pois tenha muita atenção
a esses forros cobertos
de fuligem
que são os rostos
dos homens

que quando eles
inventam de existir
se estufam de areia
e as línguas ficam
purulentas e o mormaço
amortece os paladares
e frágil permanecem em sua histeria, e suas faces
[avermelhadas na palma da mão de Deus

quando enfim
os ventres se derramam
sobre a mesa de
mogno marcial
e o sepulcro, matéria
selada de ponta
a ponta, se inverte
entre os seios
          dos anjos!,
os homens aceitam o estalo do crânio

que qualquer estado de inexistência
é insustentável por
definição

cf.

a umidade se deposita ao redor
das bolsas de banha azeitada
onde guardaram pedaços da Lua
e é isso que chamam de choro

quando o ar se enruga com um chiado
e se movimenta entre os cabelos
em tramas afiadas de plasma
se chama isso de vento

enfia-se o dedo num mangue
a tampa do mangue estoura
como lata de Coca-Cola
e então cata-se de dentro do mangue
do mangue maçudo da vida
umas cento e cinquenta palavras
eis aí o que no popular se chama de poema

virtualmente falando
o que eu chamo pelo seu nome
é só uma seiva contêiner
de memórias microfonadas

virtualmente falando, claro
pois se chama de microfonia aqui
tudo aquilo que estilhaçou-se em Coisa meio que por feitiço
[nosso –
as roscas da Penha, os rostos porosos dos entregadores
de sushi, as rosas escondidas salpicadas pelo Parque Lage,
carnavais, lumogramas, enciclopédias,
Klimt, Malick, S Perri
e a cidade de Buenos Aires inteira –,
é isso que se chama de microfonia aqui

lição de perspectiva

o tiro de escopeta é
do ponto de vista da bala
um programa de intercâmbio

cozinhar um bolo é
do ponto de
vista dos bichinhos que habitam o Pó Royal
como ir numa rave

a primeira & única Grande Guerra Esquimó foi
do ponto de vista do
frio
uma cócega no cucuruto

a morte é
do ponto de vista do leito
como ficar de conchinha

bang bang

esse lugar aqui não nos é muito gentil
esse lugar onde ficam os poemas
aqui do outro lado;
é tão possibilidade e puro-branco
essa vastidão

tudo aqui faz eco

e é engraçado:
isso não impede que
as coisas sólidas precipitem-se
pra dentro do poema
é só escolher um objeto e
bang
lá se vai, envelopado
nas palavras
fagocitado
(e perdido para sempre?)

e é engraçado que
esse monte de coisinhas, essas tralhas,
caiam pra cá presse lado
e ainda continue tudo
tão vazio e liso aqui
tão possibilidade e puro-branco
e, meu Deus, caem coisas
às pencas – não vou nem
perder tempo enumerando-as
de novo agora, mas
vocês entenderam
o que eu quero dizer

um dia eu sonhei com um poema
que deixaria todos que o lessem apaixonados
por si mesmos
um longo poema épico
que deixaria todos
sem exceção
eufóricos
no começo uma bizarrice
uma curiosidade circense
mas depois arma de
destruição em massa
o poema do fim do mundo

é muito engraçado mas
eu sonho ansiosamente com a abolição dos poetas

é muito engraçado que
todos os velhos poetas marginais
viraram uns aliciadores
não é engraçado?
mas já estamos nos excedendo
não falemos em nomes
acho que bebi demais

esse lugar aqui não nos deixa respirar
não
esse lugar é o deserto que um dia
chorou
é bang bang

o som das tralhinhas caindo

cadê meu whimper, Thomas Stearns?
cadê a porra do
meu whimper?

olha que
se você demorar demais eu vou ter que
deixar esses blocos de texto
inacabados
e sair para explorar o universo!

o eu fora de mim + o oposto de mim em mim

seus olhos crescem
no interior dos meus
        e se esgotam

sua voz achatada
pisca na minha
        garganta

                 sua pernas
abertas   sua palmas
pousadas   suas patas
infinitas
atritando com
meu esôfago

e não tenho mais
controle
e por favor
eu quero que você
saia
daqui

seu corpo repousa
empoeirado
sob o assoalho
        do meu palato.

a sociedade dos observadores de sonhos

é a tarde se esboroando contra os nós das nossas ventosas
é a aspereza da voz do mar, estagnado e se dilatando em
[ondas
é a casa de pão preto vergindo ao alto poeira de cevada
é a existência toda no interior duma pasta de coco

a maior parte do que podia nem chegou a ser
tanta coisa nem Houve de fato
essa é a natureza do tempo, da memória:
uma série inumerável de renúncias

há quem suspire por isso olhando
das janelas as formas pênseis do mundo
girarem em mutilações sequenciais
as formas pênseis do mundo escalpelando
futuros
em público
há quem se encha de ficções tentando
esquecer aquilo que não foi
a insistência, a teimosia obstinada
do que não foi
e há ainda quem tenha a manha de gemer
no pé do ouvido
do mundo
gemidos tão fingidos
quanto os das putas ali da
Atlântica

e é a tarde se esfumaçando e arrebatando lâminas de luz das
[unhas de Deus
é o mar ninando o continente, crespo e vesgo e empenado
[pra dentro de si
é a poeira amarga coagulada numa espécie de Kugelblitz
é o doce de coco das piruetas estraçalhadas dos fogos de
[artifício, Copacabana, 2005

William James:

a devoção flutua no leite / é um banquete / uma perversão / da função digestória / o hálito de deus nos homens / espesso, cor de caramelo / a respiração dos povos / as fomes que se / entrepenetram, ternura / & Presença / e até nos meandros, / nas superfluidades: a estética / do jogo de sinuca / da poça de chá preto / da comoção sexual (um arroubo arbóreo!) / tudo é alimento, e nutre; / a estética da obstrução, da imolação / do pescoço partido ao meio / da mansidão-gorjear (todos são culpados! olhem-se nos olhos!) / e tudo está como um tecido, e emana;

temor & tremor

letra para a canção do Ivy Walker

e já não bastam
as vozes
que rugem dentro de ti:

mil santos
riem, gargalham,
da gente aqui

dançando
meio sem jeito
no escuro

e a carne
opaca
é frasco de Mim

no prelo

depois de Marcel Schwob

esplendor empapuçado
lúmen
num ponto de tinta
refervem escoadouros
a vida se arroja
a 10 dias do Carnaval,
engatinhando, se acotovelando
e enfim se guardando em meias algodoadas
meteorologia de medir em dedos:
o calor se espraia céu abaixo
destroça tudo o que se acumulou ali
entre os meses de Agosto e Dezembro
em longas tiras de vidro

penso
quando Vija Celmins visitou o Sindicatos dos Cartomantes
e pintou, por oito dias, uns grãos de sílica
quando ela fez isso
será que teve medo da opinião pública?
e quanto a Reidy e suas plantações tomistas
e Rivellino e sua patada atômica
(nunca vi nome melhor pruma síntese)
e Bill Burr, que tem uma piada do caralho
sobre superpopulação
na verdade várias piadas sobre superpopulação mas essa
piada em específico era sobre
o magnetismo do Fim do Homem,
e quanto a eles?
ou, sei lá, quando os médicos
ungem ao alto o bebê
translúcido e pelando
como cebola recém-cozida
pendurada num varal
será que sentem alguma culpa?
e isso tudo varia, varia muito, eu sei, mas
o momento da criação é sempre um
momento de esquecimento, entende?

penso
em um cavalo
em sua dureza, em sua flacidez também,
tendões moles arrefecendo, compondo uma malha
sob o manto de gânglios, subterrâneas gramáticas
se condensam
órgãos em comunhão
um Aparelho

penso
e se descobrem
se percebem que estou
jurado de morte?, que não passo de um polemista e
plagiador, e nas minhas pálpebras
o rebôo de um monstro?
se notam que me alheio à Colmeia e
me arrependo amargamente de tudo o que já fui e fiz
este livro incluso
(que ridículo é vender um poema)
?

o autor fecha os olhos, coça as guelras, lembra
da Dinda Té, que o alertava sobre o sereno
a manga ao leite o corte da lata de doce de figo
sobre nossa tendência a andar em fila
e o autoritário acaso dos encontros
a fé da Dinda não se move, esculturas de Miguel Arcanjo
amontoadas
ante a luz púrpura da televisão
nA Cidade Com O Quinto Melhor Clima do Mundo

words are futile devices

o autor se revira, dá um muxôxo, faz cara
de quem contém gases,
mãos em concha, cata a espuma
das beiradas da cama
pensa

o vôlei das abelhas

glória
aos pescadores de bergamota
aos chupadores de estratosfera
aos filhotes de abelha
que preferiram desaparecer
engolidos pelo contorno
aquoso e delgado
dos pastos
que conquistaram
as fronteiras dos
lírios
e depois o renunciaram
que abriram uma fenda
entre os dentes
dos anjos
e ali despejaram o súlfur
da noite
que estão agora de pé
na casca do mundo
minúsculo filete de biscoito
impermeável
e esmagado
pelo céu

a terra roxa se estica para sempre
sob os seus joelhos

a ontologia de um cisco

cada poema é escrito
na sua própria língua
e cada língua é um mundo

a cada poema tentamos
abrir o mundo
com uma colher

cada poema convida
a descamar
nossos ossos
com a ponta das unhas

cada poema, a se comover
com a pêra, com o besouro
ou com a valsa bélica
de um orgasmo

medicina experimental

engula isso
diz o doutor
e me entrega a jarra

dum iogurte verde
papa cremosa de musgo
meio sopa meio angú

recomendo também
que os seus sábadoatardes
façam karatê

e que se esprema da Praia da Urca
o fermento do sorvete de baunilha
eu recomendo

vênus de manhãzinha
entre as persianas
do 582

fechará seus poros
ele diz
vai fazer nascer do peito

um lindo pé
de pitanga
e corrigirá a saudade?

eu pergunto
e ele diz assim:
se Deus quiser, meu filho, se Deus quiser

a dança

paulatinamente
o ganso mergulha
a cabeça no aço

o ganso e esse seu
telepático senso
de tempo e espaço

releva se eu sou
como o ganso que bica
montanhas de nada

sou claustrofobia,
sou ganso marchando
com a pata sonora
            e suada

And Then Nothing Turned Itself Inside-Out
(Matador Records, 2000)

aplico a manobra de Heilimch no Nada
com a destreza de um grilo velho e cego
partes iguais de velhice e cegueira
esperando que o Nada devolva
ainda em bom estado
a nebulosa que nele se dissolveu

e onde se aprendem esses métodos
de reavivamento
cosmocitológico?
algo que me diz que
nas crises de riso ou em
facas de cortar
cuscuz torrado
ou nos braços de Jake Arrieta
quando o taco
subaquático
faz o mundo trepidar

e é tão raro eu ter crises de riso
é tão raro eu fazer o mundo trepidar

(entenda Rômulo
de uma vez por todas
os fungos que se proliferam na faísca
na faísca momentânea
que é o Nada se recusam a falar contigo
quando estão no cio)

mas depois o Nada tosse e se desculpa
dizendo
que não era essa a sua intenção
que ele tem sido grosseiro
realmente
e por isso se força a cuspir

                    e agora exploramos a tectonia

*

fica fácil fazer as coisas se embutirem à bruma
delinear fjords, fnords
        perfurocortantes
um movimento dos dedos, e só isso,
o livrecaminhar

digam
se já viram aqui
zumbir o Rei dos Haemagogus?
o ático do mundo ondular
como o asfalto
do Aeroporto Santos Dumont ondula
como se de pelúcia?
viram vazar de um rádio longínquo a voz fraturada, rachada,
[de Ira Kaplan
que se esparrama, argila fina
barrocoágulo críptico
entornando para todos os lados
ou jogar o Fluminense
ao qual meu avô se ligou tão expansivamente
quanto à apoplexia que o levou embora
se viram nos molares
que por pouco não descolam das bocas
nas mãos orquestradas
em liturgia (e isso foi antes da apoplexia
[que o levou embora)
um moinho?

pois então agradeçam ao Nada
foi ele que testou o calor da poça
inspirou, suspendeu
& saltou
elementar estado de acrobacia
anjopluma, o corpo atlético estirado
numa exibição eólica
aereógena
e como nos parecemos morcegos-de-fruta quando nos
[reunimos bêbados
e como nos parecemos com um machado!
digam se as dobras do nariz
não lembram uma caixa de fósforos ou um canapé de
[damasco
a quadra de tênis
onde um Gerente de Aquisições convulsiona
– quem sabe esse não é, enfim, o dia da gentileza universal?

*

piromaníacos, mímicos, novos recrutas
um passo adiante
nós venceremos, contra tudo venceremos
somos irmãos, demos as mãos
já ultrapassamos, acelerados, o vórtice da solenidade

repito:
fosforescemos!
não queremos
reconciliação

(é aí que o Nada abre os olhos, débeis faróis)

eunoia em Ibitipoca

a cidade é uma oração febril
e a araucária é um buquê
um canhão a laser –
se pulveriza ao alto, no ponto
em que o céu fica duro e
se comprime em pegadas
em coaxares
que transmitem mensagens extraterrenas
como um rádio de pilha, receptáculo;
e a névoa parda
se adensa

montanha estourada e iluminante
vigor, vigor, vigor

ouço o mistério vibrar
O Grande Medo

a cidade é uma peça de aço
é a cegueira
dos líquens:
a carne rosa
a reter o sol
às apalpadelas
as falésias que desfolham
franjas sobrepostas
corredeira negra de pedra
formigas como barco a vela
duas senhoras se sentam
à beira
do mundo
prenhes
duas ararinhas se esbarram
se cheiram:
fagulhas

o rio também é fauna
seu decurso uma cauda dobrada
a dorsal escondendo
a boca envolvendo
o cadáver de um nefilim

cozer o mafagafo

monta um golem
entranha
membrana a membrana
sem que se rompa
sonda suas
cavidades, seus sulcos,
canais dormentes
vasculha esse
laboratório de vasos

tece, do auge do suspiro, o rizoma
desenha um susto entre os seios
queima pontes; ensaia entregas;
faz almejar
com extrema doçura
à Normalidade

um mapa

o crepúsculo em cachos
de lápis-lazuli
a dois ou três metros
das nossas cabeças

à piscina uma camada de nata
polui a cera com seu cheiro
de pluméria a palma da testa dela
rasga a tensão da água

formando um cogumelo atômico
que se arrasta
entre os fios prateados para a apneia
e se enterra na trufa de fluidos

até que a capa d'água tem uma cor engraçada
de amnésia
e suas costelas inflam em desespero
quando ela me envolve com os braços

não me movo ali
imerso numa vasilha
de sonhos marinhos de
amor e metempsicose

não movo, pois na cinese algo minúsculo
se deslocaria
na máquina cósmica
e então tudo estaria acabado

mas as pintas pipocam por ela como os nós de um mapa
[invisível
para um tesouro judaico!, perdido há milhares de anos!,
em Laos, em Cabo Verde ou no Bósforo!

a carnificina; a magia e a carnificina de um mapa
nas costas, nas costelas, nas coxas,
no cloro que a entope o ventre

tweets selecionados, pt. II

17/01 - 19h21
pipoca é uma coisa-nenhuma que gruda no dente

10/01 - 17h55
efeito taturana: ainda que um evento cataclísmico interferisse no passado, tudo o que há hoje permaneceria exatamente como está, inclusive o bater de asas de uma borboleta

21/12 - 18h10
pode parecer esquisito o que eu vou falar agora, pode parecer impossível, mas parece que dia 25 de dezembro agora vai ser natal de novo!

13/12 - 19h14
o rio de janeiro é um dos poucos lugares em que a antiga arte dos ascensoristas ainda é temida e respeitada

12/12 - 07h46
sonhei que meu primo me ligava convidando pra formar uma banda que era 4 berimbaus e soava igualzinho a joanna newson

22/11 - 22h21
a ferramenta mais poderosa que deus concedeu ao artista é o divórcio

29/10 - 12h48
tirando dinheiro pra ter trocado pro mendigo

28/10 - 20h02
queria que acontecesse um grande surto psicótico coletivo e amanhã fossem encontradas 800 pessoas vagando nuas pelo brasil

13/10 - 12h35
todo animal é um cachorro meio diferente

12/09 - 11h03
se café no trabalho não fosse um dispositivo de adestramento ele viria acompanhado de leite e bolos variados

06/09 - 21h09
a francesa da minha sala esqueceu a palavra “esperar” aí falou “como se diz quando vc está ali para a outra pessoa.. quando sua presença é para a outra pessoa..”
achei bem heideggereano

04/09 - 14h17
passaram por mim na rua dizendo “ele tá anestesiado, não vai sentir nada” e por um segundo eu ponderei se não estaria em coma e ouvindo a voz da enfermeira

01/09 - 07h49
mulher usa cueca no mamilo

31/08 - 11h41
o ano acaba agora no fim de agosto, e começa no início de agosto também
agosto é o único mês do ano, os outros são preparação

15/08 - 10h49
vamos inventar logo a onomatopeia da sopradinha rápida de nariz pra acabar com essa farsa do hahahaha

11/08 - 13h29
plano de saúde devia ser um cartão com 500 reais carregados pra você usar como quiser
floricultura devia aceitar plano de saúde, cabeleireiro também, boteco

01/08 - 08h33
laura palmer é por causa da manga palmer ou a manga que é por causa da laura?

11/07 - 20h08
futebol, como toda coisa divertida, é, no fundo, sofrimento e agonia

06/07 - 11h35
a habilidade futebolística fica toda na área da pélvis

04/07 - 14h33
o papel higiênico foi descoberto 50 anos depois da câmera fotográfica

14/06 - 04h55
às vezes a chuva parece um aplauso

28/03 - 16h53
futebol seria muito melhor se tivesse 2 bolas simultâneas

28/03 - 13h53
assoar o nariz na pia da cozinha: não apenas revigorante como também um ato político

06/03 - 10h15
falta quantos anos para a gente chamar o cigarro normal de "cigarro analógico"?

22/02 - 11h47
flanelinha é um domador de automóveis

19/02 - 19h06
o brasileiro simplesmente traduz "billboard" pra "outdoor", que é outra palavra em inglês

06/01 - 20h16
no futuro só vai existir o emprego de ator

03/01 - 11h00
a única forma legítima de desprezo é o esquecimento

27/12 - 16h18
acabo de descobrir que os persas antigos usavam comumente a seguinte frase: "frio de fazer raposa cagar cobre"

07/12 - 18h24
croissant é só um pão barroco

28/11 - 12h05
se jesus nascesse hoje, ele seria qual artista?
( ) cozinheiro
( ) cabelereiro
( ) dança contemporânea
( ) jogador de futebol

17/10 - 02h37
sempre imagino o ônibus engolindo pessoas pela porta da frente e cagando pela porta de trás

27/08 - 17h18
o mar é meio que sonífero

24/07 - 14h36
internet é como se fosse um tamagochi que o tamagochi é você próprio

09/06 - 16h54
o segredo de escrever um poema é fingir que você é o santo agostinho fazendo standup comedy

bodisatva

I. a memória

sem dúvida a reencarnação
é o mais difícil dos fins
de que já se imbuiu o homem
o mais hilário também
que se houvesse um erro
na máquina de transmigrações
e por qualquer detalhe lembrássemos
das nossas vidas passadas
afogaríamos em memórias
em memórias de memórias
no turbilhão imagético o abismo
de vidas escorrendo incontroláveis
uma cascata
fluindo
pra dentro dos olhos

ser um pato que se lembra que foi homem
e se lembra que teve esposa
e que matou outros homens
na Guerra do Golfo
ser um homem e tentar não ter a psique
estilhaçada pela sensação
de por um segundo ser pato

ser um homem que foi menina e que foi senhora
que foi o sapo com o mais
lindo coaxar da Europa que já foi folha
de amendoeira
e caiu como uma pluma
sobre a superfície do lago

ser um lago que foi moça
e ouvir o som explosivo
da folha, que foi sino,
acariciando suavemente suas gotas
que cada uma delas
foi um universo inteiro

e todas as coisas alguma vez já foram
cheesecake de morango

II. a máquina

mencionei o erro na transmigração
e me parece óbvio que as almas
também podem se desviar
que elas podem escapar
dos seus trilhos normais, e perder as rédeas,
e ser indomáveis

as almas são feitas de líquido volátil

escravas normandas tecem umas às outras
as costuram a cada corpo sucessivo
coletam a substância celestial
com uma pinça e deixam cair
pingos desse óleo
estátua adentro

assim é que se acorda da inconsciência

com um choro e uma palmada
a luva de látex estalando na bunda
a água-benta ardendo, fervendo,
nos flocos de supercílio
o ar tem gosto de fécula nos primeiros dias
e o céu fica tingido de tangerina

às vezes uma fissura se abre no céu, um clarão

e as escravas acumulam clarões numa
bolha macilenta e fantasmagórica de luz, como
uma grande bola de cristal;
o Tempo as castiga cravando na cartilagem
das costas um anzol pra cada erro que cometem
enquanto o éter as inunda pelas chagas

os dilaceramentos se revestem de alegria

uma avalanche de alegria crua & americana

III. a metáfora

a metáfora é o primeiro sintoma do desarranjo
que um dia enfim se refinará
como esquizofrenia

surge em quem tenciona lembrar
das outras vidas que teve
das vidas que todas as coisas tiveram

um olho, por exemplo, que
pode muito bem ter sido
lobo, estrela, ouro, oceano

ou uma noite inteira
que de alguma forma já foi fogo
e assim por diante

tragédia para principiantes

tudo o que dizemos
Deus
e tudo o que pensamos
tem fundo em Você, não é isso? mesmo que
um fundo firmado em matéria escamosa, betuminosa,
em muco,
mesmo que um fundo tenso e
desalojado de si

de alguma forma, tudo o que vivemos é religioso, e se
[levamos os grandes temas a seus objetos finais
sobra só teologia

essa é a tragédia do poeta

veja, Deus, Bernanos dizia que tudo é graça
que a tragédia, inclusive, é parte da Graça
maior e mais profunda
que nos embrulha
como se fossemos presentes de Natal, vasos de vidro,
[ou implosões
abjetas e eternas;
como se fossemos uns sacos vedados de poeira e lágrima,
fragilmente graciosos, mas desatentos à própria graça,
desligados da cinematografia da existência que integramos e
[realizamos, e que é nossa, só nossa

e até eu sou cinematográfico, meu Deus?
e em certo sentido essa minha vida desprovida de qualquer
[curiosidade notável compõe também a grande moldura
[metafísica
o caos de fumaça de celofane que
é a Graça?
e minhas palmas e meus plexos solares, minhas sinapses e
[minha nalbufina,
meus surtos psicóticos, meu desânimo,
e tudo isso é Graça?
você sabia disso, Deus, meu Deus?
permitiu que acontecesse?

mas Você também escuta o barulho daí, não escuta?
é grave e oco, esse barulho
aqui embaixo o escutamos bem, a nos bordejar,
a nos circunscrever,
escutamos
como se escuta a um tremor sublingual
eu, pelo menos, o escuto:
eu: minhas palmas e meus plexos solares, minhas
[hemoglobinas, meu senso de autoimportância

e apesar de às vezes eu pensar que não, de às vezes conseguir
realmente me convencer de que
Bernanos estava certo
às vezes está lá, por todas as partes,
o barulho ensurdecedor
barulho bruto,
inexorável

Bernanos, seu filho da puta,
vamos ver se eu consigo te enfiar a porrada?
já li em algum lugar por aí que você não passava de um
[metro e setenta
uns sessenta quilos de carne e mais nada
mais nada, tá ouvindo?
eu sei que posso te derrubar!
esse bigodinho ridículo,
que filho da puta,
não vê – é tão óbvio –
que não é tudo Graça, mas Comédia?

Deus, meu Deus, me escute,
já estivemos todos tão próximos de não existir
e agora, sem que tivéssemos tempo de notá-lo, nossa saliva
é um caldo de cristal fundido,
nossos sentidos uma salada de soberanias e nossa consciência
[um rubor, mudo e infinitamente crescente,
arborescendo ao redor dos olhos

é assim que se ouviu uma vez, da boca de um velho professor
[de aritmética: Algo há.

esse é o primeiro e último problema filosófico
essa é a tragédia do poeta

só fique parada / enquanto eu tento / escrever um poema

e o que acontece se eu
me movo?

nada em particular, acho
que até adiciona
ao poema

pois é,
vai saber como
funciona
a invenção
de uma eternidade

mas talvez se nós só ficássemos
por um instante
parados...

KOTTER
EDITORIAL

Impresso em papel Pólen Soft 80 g/m² e
tipografia Sitka 12/14, no inverno de 2019.